AF443943

JUAN TRIGOS S

COMO PRESENCIA HABITADA

HEMOFICCIÓN

JUAN TRIGOS S

COMO PRESENCIA HABITADA

HEMOFICCIÓN

Todos los derechos reservados.

Copyright © Juan Trigos

ISBN: 9798685620835

Ciclo Dios Zapato y Calcetín

Variación tercera

PRIMANCIANITA Y JUANSON-
RISA JUEGAN A LA OUIJA EN
UNA MESA DE PALO. FANTAS-
MAS SE INSINUAN EN LOS
LATERALES. LUEGO METEN
UN MANIQUÍ DE PLÁSTICO
MITAD HOMBRE Y MITAD
MUJER. LOS SIAMESES SE SE-
PARAN USANDO UNA SIERRA.
AMBOS GRITAN. SANGRAN
LAS HERIDAS. VUELVEN A
PEGARSE Y ACTO SEGUI-
DO REPITEN EL CORTE SAN-
GRIENTO. GIMEN Y SE PEGAN
NUEVAMENTE.
LOS SIAMESES INTERCAM-
BIAN PERSONALIDADES, SIE-
RRA Y LARVA. NUNCA SE ADI-
VINA QUIÉN ES QUIEN.

PRIMANCIANITA
Seguimos jugando Ouija

Como si fuésemos
Amigos de fantasmas
Como si estuviéramos
Delante de gran espectador
Con barba elegante
Y chaleco de lana

JUANSONRISA
¿Ante quién?
No miro más que tus gestos
Y tus brazos blancos
Como leche cuajada

PRIMANCIANITA
Ante mí
Ante ti
Ante nadie

SIAMESES
Ausencias habituales

PRIMANCIANITA
Ausencias habitables

JUANSONRISA
Nadie sí oye
Así que pase
Y tome asiento
Señor como yo
Persona fría
Con aliento mortal

SIAMESES
Presencia habitada

PRIMANCIANITA
Oye y entiende
Lo que tú
Ni de chiste

JUANSONRISA
Sentémoslo

PRIMANCIANITA
Ya estaba sentado
Sobre sus bigotes

PROYECCIÓN: FOTOGRA-
FÍA DE ALLAN KARDEC.
PARPADEA. FOTOGRAFÍA DE
TANQUE DE GUERRA. TAM-
BIÉN PARPADEA. SE ESCU-
CHAN BALAZOS. TRUENAN
COHETES. UNO DE LOS SIA-
MESES SE DISFRAZA DE FAN-
TASMA.

SIAMESES
Invocaciones
Ven fantasma

JUANSONRISA
Al llamado
De la Ouija
Están llegando
Algunos espectros

ASOMAN LA CABEZA ES-
TRANGULADOR Y FANTASMA
LUTERÓN.

PRIMANCIANITA
He enviado invitación
De presencia
A Allan Kardec

JUANSONRISA
¿Y ha venido
con lentes de ciencia
a menear esqueletos?

PRIMANCIANITA
Delante ti está
DiosCalcetín
Lanzando al cielo escupidor
Y DiosZapato
Mordiendo fulminante
Dieciséis de septiembre
En cohetería
Pasan tanquesPie de guerra
Sobre orugas
Verdes y marciales

APARECEN DIOSZAPATO Y
DIOS CALCETÍN.

SIAMESES
Soldados y rifles

JUANSONRISA
Choque de dioses
Tope cerdo
Tope borrego
Tope humano
Contra señora
Y catrín
Y sacerdote
Enamorado

SIAMESES
Clarines y venganza

DIOSZAPATO ENTREGA TÍTE-
RE SIERRA A SIAMÉS 1.

DIOSZAPATO
Día perfecto para sierra
Que separa siameses

LOS SIAMESES VUELVEN A
USAR LA SIERRA PARA SEPA-
RARSE Y ENSEGUIDA SE PE-
GAN OTRA VEZ.

PRIMANCIANITA
Y para matrimonio
Que los lanza al mundo

JUANSONRISA
Pegados de carne
Pero no de mente

SIAMESES
Azahares y puñetazos

PRIMANCIANITA
De dos nenes juntos
La sierra hará

Dos nenes separados

SIAMESES IMITAN RUIDO DE
LA SIERRA.

JUANSONRISA
SoldadosPie ensartan
Sonrisas cínicas
En sus cinturones

PRIMANCIANITA
SodadosPie
Arrasan

JUANSONRISA
Señora Porfiria
Abandonó a su marido
Y a sus hijos
Para hacerse casta

PRIMANCIANITA
Esa manía
Era bien vista

En los siglos
Uno y dos
De nuestra era

JUANSONRISA
Si alguien quiere
Abrir puerta
Que lleva a mi corazón
Tendrá que pedir prestada
La llave sonriente
Que también abre
Ropero del rey Arturo

JUANSONRISA
Es hora homicida
Vengan ojos en blanco
Y labios sin habla

SIAMESES IMITAN RUIDO DE
LA MÁQUINA. QUEDAN SE-
PARADOS. UNO HACE DE SIA-
MÉSPIE COMO FANTASMA Y
EL OTRO CAE EN AGONÍA EN

LA CAMA.

SIAMÉS 2 Y TÍTERE SIERRA
Bajo al garaje por la sierra
Y vuelvo a cometer
El crimen pasado

JUANSONRISA Y SIAMÉSPIE
Pasado y podrido

PRIMANCIANITA
Mutilación
Oh cómo duele
Ese pedazo de carne
Robado a la carne

SIAMESES
Sangre y petardos

DIOSZAPATO
Filo dentado
Cobrará el ultraje
Una y otra vez

DIOSCALCETÍN
Infamia de nadie
Hacia nadie
Adulterio nadie
Que a nadie daña

PRIMANCIANITA
El pecado es alguien

JUANSONRISA
Cuando alguien lo comete

JUANSONRISA METE EL TÍTE-
RE DE ESPOSARDOROSA.

FANTASMA SIAMÉS PIE
Yo forniqué
Con la señora
De mi hermano

PRIMANCIANITA
Aquí hubo premeditación
Las manos que impulsaron

El homicidio estaban untadas
De catecismo rasposo

SIAMÉS 1 Y TÍTERE SIERRA
Comulgo con la máquina
Rebanadora de amor ilícito

PRIMANCIANITA
Adulterio se cobra
Se paga se remedia

FANTASMA SIAMÉSPIE
Muerte matará
A mí asesinó
Cuando vino
Contra mí
Muerte mi aliada
Le mostró las tripas

JUANSONRISA
Porque lo pegado por Dios
No puede despegarlo el hombre

PRIMANCIANITA
Regresón católico
De conciencia

FANTASMA SIAMÉSPIE
Un buen siamés
Sólo es católico
De dientes para fuera

JUANSONRISA
Putazo que recibe
El putazo de regreso

PRIMANCIANITA
Siamés mata siamés

JUANSONRISA
Y cae en agonía

PRIMANCIANITA
Infelices muchachines

JUANSONRISA
Culpa
Con culpa
Se cura

SIAMESES
Sexo y delicias
Dios las reprueba

PRIMANCIANITA
Escondrijos y tactos

JUANSONRISA
Vas en abstinencia
A tener sexo
Con el carnicero
Mientras la esposa
Atiende a la clientela
Que pide puerco
Falda, filete

PRIMANCIANITA
No me gustan

Los carniceros

SIAMESES
Porque venden
Mondongo y lomo

JUANSONRISA
Compra de pan
Color de rosa
¿Qué opinas
del panadero?

PROYECCIÓN: FOTOGRAFÍA
DE PRIMANCIANITA COMO
PROSTITUTA. SIAMÉS 2 IN-
TRODUCE TÍTERE GUSANO
GRANDE Y JUEGA CON ÉL.

PRIMANCIANITA
Juansonrisa
En calle chupando
Pie prostituta
Lengua amor

JUANSONRISA
Estás volteando
La tortilla
Hablábamos
De tus infidelidades

PRIMANCIANITA
Y yo de las tuyas

SIAMESES
Calle y amor
Que conduce
Al paraíso

JUANSONRISA
En el estoy
Antes de ir
Al infierno

PRIMANCIANITA
CieloZapato no es lugar
No es lugar la tierraPie
Ni el marDedo

No hay sitio para sentarme
DiosCalcetín habita
En sí mismo
Llora sin compasión
Por mis lamentos

SIAMÉS 1 Y TÍTERE SIERRA
RECOSTADO EN LA CAMA
GIME, AGONIZANDO.

JUANSONRISA
Según San Pablo
Matrimonio es
Sólo para tener hijos
¿Dónde están los míos?

PRIMANCIANITA
Uno murió
Y el otro agoniza

DIOSZAPATO
Renacerás
Tu luz

Vengadora
Cegará

DIOSCALCETÍN
Ya estaba ciega

JUANSONRISA
Ciegos y relámpagos

PRIMANCIANITA
Muerte va
En lancha
Estirando dedo

FANTASMA SIAMÉSPIE
Muerte otorga
Abstinencia perfecta

PRIMANCIANITA
Abstinencia absoluta
Ideal católico

JUANSONRISA
DiosZapato al galope va
Cabalgaduras al viento
Capas al acecho

PRIMANCIANITA
Si algo de juventud
Volviera a mis nervios
Iría contra ti
Con hostia en la boca

JUANSONRISA
Desquitas tus frustraciones
Con piquetes de ave zancuda

PRIMANCIANITA
Desquito con pellizcos

JUANSONRISA
Mismos que achican
Mis faltas pequeñas

SIAMÉS 1 Y TÍTERE SIERRA
¿Mi hermano
sí ha sido capaz
de perdonar?
Su dedo gordo
Soba el ombligo
De mi dama
Labios deformes
En pecado

PRIMANCIANITA Y SIAMÉS-PIE
Perdón no hay
En ningún rincón
De mi ser entero

JUANSONRISA
DiosCalcetín en corcel
Gualdrapa roja
Y lanza horizontal
Dispuesta al encontronazo
Borrego chocará borrego
Necedád en chispa

PRIMANCIANITA
Volvamos al sexo

JUANSONRISA
Amiga chupa el pie
A Primancianita
Después torna a casa
Tristeza
Caen pétalos amarillos
En sus sueños vegetales

PRIMANCIANITA
Siempre me acusas
De tener prendidas
Las baterías vaginales

DIOSZAPATO
Burro que ama
Burra y yegua
Debe cabalgar
Potro de tortura

PRIMANCIANITA
Castigar a las damas
Otra manía que heredamos
Del pasado muy cristiano

JUANSONRISA
De algún modo
Hay que corregir
Tus desenfrenos

PRIMANCIANITA
Dirás mis frenos
He sido frenada
Como yegua
Que se amansa
A punta chicotazos

JUANSONRISA
Pero ni así
Te has enderezado

PRIMANCIANITA
Porque no estoy chueca

SIAMÉS 2 Y TÍITERE SIERRA
Me llamaré Antonio
Me llamaré paladín
Me llamaré dios

DIOSZAPATO
Niño con cresta
De peleador embravecido
Sé la luz
Ilumina
Y mata

DIOSCALCETÍN
Más bien
Apaga tu ira

JUANSONRISA
Unas cuantas piedras
En tu maceta
Prenderán en tu cabello
Chipotes normativos

PRIMANCIANITA
Si encender luz
Es homicidio
Mucho más
El arrojo pétreo

SIAMÉSPIE CHUPA EL PECHO
DEL TÍTERE ESPOSARDORO-
SA.

JUANSONRISA
Pechos enormes
Dan de mamar a criatura
Que ha crecido
Y convertido
En redentor
Baboso

PRIMANCIANITA
Buen nene

JUANSONRISA
Malo y llorón

PRIMANCIANITA
DiosCalcetín pelea
Su lanza apunta
Mi existencia rencorosa
A caballo
Dirección encontrada
Tras él siguen caballeros

SE ESCUCHAN PISADAS DE
CABALLOS, RELINCHOS.

JUANSONRISA
Si te alcanzo
Te amarro al árbol
Y luego te pego
Mi catarro

DIOSZAPATO
Se es completamente infeliz
Llevando pie al baño
Y jugando con él

PRIMANCIANITA
O feliz se es

JUANSONRISA
DiosCalcetín cabalga
Seguido por caballeros andantes

DIOSZPATO
Salud por el héroe
Que vendrá

JUANSONRISA
Patas redondas
A caballo
Flechas

PRIMANCIANITA
Ya vino paladín
Y mató a mi querubín

PRIMANCIANITA   ACARICIA
LLORANDO AL SIAMÉSPIE.

SIAMÉS 1 Y TÍTERE SIERRA
FaloPieSiamésPie
Encuentra hoyo
De la dama de mis sueños

SIAMÉSPIE ACARICIA TÍTERE
DE ESPOSARDOROSA.

PRIMANCIANITA
Chupar
Ganas insoportables vomitar
Sangre verde huele
A pan y a muerte
Hijo, si vas a largarte al cine
Llévate mi suéter
Que algo tape el abandono
En que me tiene tu progenitor
Me deja boca abierta
Y con ganas de trepar la escalera
Me deja sola y desgranada

JUANSONRISA
Abandono es arrumbar

Escudo y espada
Lo arrumbado hace hongos
A Primancianita
Y al pie de SiamésPie
Les están naciendo
DiosCalcetín y DiosZapato
Van al frente de procesión

SIAMÉS 2 FANTASMA Y TÍTE-
RE LARVA
Ave MaríAve

JUANSONRISA
Ave MaríAve
El pecho me golpeo

SIAMÉSPIE DICE GUÑÁ,
GUÑÁ.

PRIMANCIANITA
BebéPie llorando
Habrá que darle
Nalgadas calientes

Que hagan leche roja

DIOSZAPATO
Quien mata perro
Con pie enamorado
Merece infinitas indulgencias
Yo digo que mi héroe
Digno es de admiración

DIOSCALCETÍN
Digno patadas

JUANSONRISA Y SIAMÉSPIE
Como ella
Mi señora querida

PROYECCIÓN: FOTOGRA-
FÍA DE SIAMÉSPIE Y DIOS
CALCETÍN BRINCANDO LA
REATA.

PRIMANCIANITA
DiosCalcetín brinca la cuerda

Con PieSiamésPie
Ambos ríen
Disfrutan como camaradas
Cementerio
Se descansa en paz
Cruces frías
Carentes del suéter de mamá
Difuntos arrojan eructos
Y entonan tristeza
Tomar vaso de pulquePie
Haría más pasaderas
Las horas de melancolía
DiosCalcetín merienda cangrejos
Ha invitado a PieSiamésPie

SIAMÉS 1 Y TÍTERE SIERRA
El señor divino
Aprueba inmoralidad
De mi hermano

DIOSCALCETÍN Y SIAMÉSPIE
Pues claro

FOTOGRAFÍA DE JUANSONRI-
SA VESTIDO DE SACERDOTE
PARPADEA.

PRIMANCIANITA
Chupete al pezón
CuraPie se ha cundido
De pulgas rameras
Que combaten al perro

DIOSZAPATO
Mi campeón hará
Su primera comunión

JUANSONRISA
DiosZapato
Está llenando de flores
La iglesia

PROYECCIÓN: MOTEL, LUZ
PARPADEA.

PRIMANCIANITA
DiosCalcetín acompaña
A EsposArdorosa
Y a Pie SiamésPie al Motel
Entra con ellos
Picándoles el ombligo

DIOSCALCETÍN Y SIAMÉSPIE
Claro que si

PROYECCIÓN: FOTOGRAFÍA
DE HOSPITAL.

JUANSONRISA
Comitiva de parientes
Visita el hospital
Tú aún respiras
Nariz absorbe aire
Tal vez hasta llegues a curarte

PRIMANCIANITA
Eso no lo creo

SIAMÉS PIE FINGE QUE HACE EL AMOR CON EL TÍTERE DE ESPOSARDOROSA.

SIAMÉS Y TÍTERE SIERRA
Doctor Benavides listo
Para operar hermano
¿De qué está malo
PieSiamésPie?
El pie de SiamésPie
Dejaba huellas
Infectadas en la casa
Yo iba a la oficina
Y cuando volvía
Amor de ellos palpitaba

JUANSONRISA Y SIAMÉSPIE
Vengan piedras
A tronar cabeza

PRIMANCIANITA
Víctimas de la palabra engaño
Un grupo de cruzados levantan

Estandartes y banderolas
Que dicen Viva el adulterio
El pie de SiamésPie
Lanzaba gusanitos calientes
En la vagina de EsposArdorosa

DIOSZAPATO
De ciruela caliente
Sólo se espera
Infidelidad encendida

SIAMÉS 2 Y TÍTERE SIERRA
En la casa donde nací
Hubo silencio siempre
EsposArdorosa dice

TÍTERE ESPOSARDOROSA
Duerme mucho siempre jamás
Tu descanso cae al vientre
Como alimento bienaventurado

DIOSZAPATO
Ella te detesta

Se nota
Que te desprecia
Tanto como yo

DIOSCALCETÍN
Yo en cambio
Lo quiero
Y rete quiero
Como macho
Bienaventurado

TÍTERE ESPOSARDOROSA
Las bestias amamos
A quienes nos maltratan

PRIMANCIANITA
Esposa gira tu cuerpo
Infectado de ínfulas humanas

DIOSZAPATO Y SIAMÉSPIE
PieAdúltero

DIOSCALCETÍN
Hijo en bondad

JUANSONRISA
DiosCalcetín se pone
El dedo índice en la boca
Pidiendo silencio
Los caballeros
De la mesa redonda callan
Ya no iré a cortar Capulines
PieSiamésPie iba al cine con ella

JUANSONRISA
Y del cine
A copular
Detrás del sofá
De la sala

SIAMÉS 1 Y TÍTERE SIERRA
Jamás estuve cerca
De mi compañera
Como bocado cariñoso
Preferí cantina

Abortar las horas

PRIMANCIANITA
Hijo, pariré a tu hermano
Ranitas cantarán a coro
Para despedir
Tu vacuidad medieval

DIOSZAPATO
Mi paladín renacerá hoy
Con toda fuerza pasada

DIOSCALCETÍN
Agoniza
A dios gracias

SIAMÉSPIEGIMEENLACAMA.

JUANSONRISA
DiosZapato cabalga sin rumbo

SIAMÉS 1 Y TÍTERE SIERRA
¿Alguna vez vendrá olvido?

DiosCalcetín niega

DIOSZAPATO
Cuando mueras
Subirás al cielo
En alas de perdón
Dios mismo te recibirá
Agitando bandera

JUANSONRISA
PieSiamésPie
Acaricia los pechos
De NoviaFogosa
Ella ríe
DiosCalcetín también

DIOSCALCETÍN
Claro que sí

SIAMÉS 1 Y TÍTERE SIERRA
Arrojo pedazos de pie lija
Garganta pelada
Estómago pelado

JUANSONRISA Y SIAMÉSPIE
Tanta rabieta
Daña el hígado

PRIMANCIANITA
Juansonrisa se pasea
En el comedor
Sus pelos amarillos
Necesitan peine
DiosCalcetín peina
A PieSiamésPie
Juansonrisa recita
A García Lorca

JUANSONRISA
Verde que te quiero verde, verde
luna, verdes ramas.

SIAMÉS 2 Y TÍTERE SIERRA
PieSiamésPie
Repite los versos
Luego desliza dedo gordo
Bajo la falda de mi dama

Ella gime
DiosCalcetín aplaude
Digerir lo que has vomitado

DIOSZAPATO
Sierra sangre

FOTOGRAFÍA DE JUANSONRI-
SA IMPARTIENDO CLASES EN
ESCUELA PARPADEA.

JUANSONRISA
Emilio Paredes, maestro
Enseñó a respirar optimismo
Amaba a trovadores y poetas
Fue envenenado por su esposa
Porque lo descubrió
Chupando pie a una alumna
De quince años

PRIMANCIANITA
DiosZapato
Cabalga a oscuras

JUANSONRISA SE PONE CO-
RONA DE REY.
PROYECCIÓN: ROSTRO DE
ENRIQUE VIII.

JUANSONRISA VIII
CulebraDedo
Come ratón con penacho
Eso veo yo aquí sentado
Y tragando ron ficticio
Quisieras haber sido
Más flexible y entendido
Ya no hay remedio, hijo
Si aún alucinas
Es que tu cuerpo
Se ha negado a descansar
Prefiere seguir
En la rutina diaria
De comer y defecar
Comando hormigas entrando
La guerra entre
Mariscos es rara
¿Verdad?

No así la que surge
Del corazón humano

ENTRA FANTASMA LUTERÓN
CARGANDO UNA GRAN BI-
BLIA.

FANTASMA LUTERÓN
Del corazón podrido
Del catecismo

PRIMANCIANITA
Nadie está podrido aquí
Yo vieja pero camino
En salud mental y física
Con pata de garza hermosa

JUANSONRISA VIII
Como dios ordeno
Que el cuello
De mi señora
Sea pasado
A cuchillo

Quito la vida
A quien se la di
Y que faltó
A su lealtad
Y me negó
Por voluntad propia
Hijo que me heredara
De modo que dios
No tiene hijo

PRIMANCIANITA
Pobrecito dios
Pobrecita yo

FANTASMA LUTERÓN
DiosCalcetín reparte
Escudillas con maíz y tripa
A sus soldados

SIAMÉS 1 Y TÍTERE SIERRA
Mi mente fue incapaz de abrirse

FANTASMA LUTERÓN
¿Cómo abre
lata sardinas?

JUANSONRISA
Con abridor

FANTASMA LUTERÓN
Pero abridor
Requiere del que abre

JUANSONRISA
¿Y quién abre
o destapa
refresco clerical?

FANTASMA LUTERÓN
Jesucristo abridor
Jasucristo destapador

JUANSONRISA
El chofer
Del camión repartidor

De refresco clerical
¿Se llama Papa?

FANTASMA LUTERÓN
Se llama sotana

JUANSONRISA
¿Y de qué está
hecho refresco
clerical?

FANTASMA LUTERÓN
Agua con azúcar
Y miel para ciegos

ESPÍRITU ESTRANGULADOR
Yo nada repartí
Absorbía de la boca
De mis mujeres
Lo que de espíritu
Les quedaba
Y de sus bolsillos
Lo que habían

Ahorrado con penas

JUANSONRISA VIII
Infidelidad no comprendida
Duele como dedo cercenado
Menos rencor y más cariño
Habría quebrado
El frasco de LlantoPie

TÍTERE DIOSCALCETÍN
Por supuesto
Y no estarías mirando visiones
Aunque la incoherencia
Es parte fundamental del alma
Centro idílico
De todo buen borracho
Confirmación religiosa
De que Dios bajó al mundo
Siendo hombre
Y por lo mismo
La incoherencia misma
De día, sandía
Y de noche sucumbir

Burro carga pie muerto
Cacahuates sin sustancia
Espasmos de arrepentimiento

ESPÍRITU ESTRANGULADOR
¿Se puede afirmar
que en sociedad viví?
Si la sociedad
Fueron ojos
Que no entendieron
Entonces sí
Viví entre miradas
Vacías y tontas

JUANSONRISA
Corazón palpita y croa
Escupiendo buches
De sangre o pus
Corazón bonito fue

ESPÍRITU ESTRANGULADOR
Amado fue
Por su cepillo

De dientes

JUANSONRISA
En las noches de luna
Pedaleaba bicicleta
Sangrona

ESPÍRITU ESTRANGULADOR
Corazón bombón

JUANSONRISA
Cómo asustan
Tus tambores
De guerra

PRIMANCIANITA
Corazón caja de penas
Y de cariños hondos
Y de odios oxidados
Por el tiempo enconado

ESPÍRITU ESTRANGULADOR
Corazón bombón

Cómo quisiera
Que escurrieras
Mieles de piloncillo

FANTASMA SIAMÉSPIE
Sacro corazón
Como hostia
Con la que comulga
Huitzilopochtli
Y Enrique VIII

PRIMANCIANITA
Algunos príncipes y damas
Vestidos de blanco
Cortan pedazos
De la carne roja
En temblores
Y se la llevan a la boca
Para masticarla
Con agrado y asco
Catalina de Aragón
Y Anna Bolena
Bailan zarabanda

ESPÍRITU ESTRANGULADOR
Cuando corazón
Se come en silencio
Sólo hace ruido
El tronar de muelas
Y los respingos
De tripas hambrientas

SIAMÉS 2 Y TÍTERE SIERRA
Corazón mío
Mi corazón
¿Quién lo muerde?
División interna
Soy indio civilizado
Y cristiano salvaje
Voy en pos del moro
Que iba contra el rey
Voy tras la hechicera
Que hizo pacto
Con la espada
De don Rodrigo el Cid
Para hacer un tajo
En cuerpo de niño

Que me tajó
Las entrañas

JUANSONRISA
Primancianita va a comer
Verdura al parque
Zanahoria fálica
Llevada a su regazo
Por conejo mala suerte

TÍTERE DIOSZAPATO
Siérrale un ojo mientras
Se esté pintando los labios

DIOSCALCETÍN
Ámala
A través
Del otro

FANTASMA LUTERÓN
Dile que la quieres
Pero mata sus infidelidades

ESPÍRITU ESTRANGULADOR
No pregunté
A mis señoras
Si habían sido
Fieles o infieles
Porque el concepto
Carece de importancia
Venían a mí
En busca de paz
Y yo se las dí
A mi manera

FANTASMA SIAMÉSPIE
Al muchachón
Con barba
Hay que
Cortarle el pie
Para que pueda
Danzar en pulquería
Lejos de su madre

PROYECCIÓN: CEMENTERIO.

SIAMÉS 2 Y TÍTERE LARVA
¿A quién le importa?
Dios registra
Mi presencia en ti
Y la tolera
Sabe que he cerrado
La boca de tu mente

SIAMÉS 1 Y TÍTERE SIERRA
No tienes lugar en mí
En mi cuerpo andas
Pero ajeno a mi persona

SIAMÉS 2 Y TÍTERE LARVA
Siento nostalgia
Por mi tierra
Seré enterrado en ti
Sepultado contigo

PRIMANCIANITA
Los dos eran mis hijos
Y a los dos han matado
O se han hecho cadáveres

Por propia mano
Don Rodrigo el Cid
No ha venido
A merendar langostas
Ni ha tenido ingerencia
En el asunto fúnebre
El héroe sigue partiendo
Moros a la mitad

SIAMÉS 1 Y TÍTERE LARVA
Y ganando batalla muerto

PRIMANCIANITA
La tierra donde nacemos
Provoca siempre deseos
De ir en guerra santa
Contra el enemigo

PRIMANCIANITA
Juansonrisa recrimina
Con envidia
A PieSiamésPie
Sus seducciones

Me resisto a creer
Que tu pie enconado
Haya formado
Nido de larvas parlantes
Cueva de dolores
DiosCalcetín
Cambia de color
Para disimular podredumbre
De PieSiamésPie

FANTASMA SIAMÉSPIE
Me siento cómodo
Entre frases inconexas
Si pollo hubiese crecido
Hasta altura dinosaurio
Habría comido hierba
Y corrido tras
Su pareja sentimental
Yo hice las veces
De hermano plumífero
Y entre a jugar
Entre plumas gallináceas

JUANSONRISA
Nada valió la pena
Al cuaderno
Se le arrancan páginas
Si la defunción conserva
Capacidad de recordar
Los dolores se estiran

ESPÍRITU ESTRANGULADOR
Nada siento
Al contrario
Estoy o vivo
En equilibrio
De mí mismo

JUANSONRISA
El techo no se romperá
Pero puede comenzar
A filtrar agua de riñón
Sobre tu jeta baba
Meada de DiosCalcetín
Meada Rey de León
A quien no quiso

Besar la mano
Don Rodrigo el Cid
Meada Rey asno
A quien no quiso
Besar la mano
El señor Lutero

PRIMANCIANITA
Nací con la rodilla
Puesta en tierra
Y besando tu poderosa
Espada de macho

PROYECCIÓN: FOTOGRAFÍA
DE LOS SIAMESES SEPARADOS
POR MEDIO DE LA SIERRA.
SUS HERIDAS SANGRAN.

SIAMÉS 1 Y TÍTERE SIERRA
Mi boca abre y dice o dirá
Cuando la coherencia
Vuelva a mí
SiamésPie rapé

SiamésPie corté, ave María
Fui católico y me pusieron
Zapatos chicos
En una borrachera
Llegué a casa
Y Juansonrisa lo notó y dijo

JUANSONRISA
Vaya, muchacho
Confundiste tu gran pie
Con uno de menor tamaño
Vaya, muchacho
Trataron de reducirte
Metiéndote en modelo equivocado
O sumiéndote en tortura de chinita
Luego vendrá
Don Rodrigo el Cid
A cortar tus dedos gordos
Tirando de su mandoble

ESPÍRITU ESTRANGULADOR
Necesario es
Comprimir la identidad

A una sola nación
Y a una sola religión

PRIMANCIANITA
La Coatlicue
Reducirá tu tamaño
A base de mordiscos

SIAMÉS Y TÍTERE SIERRA
Puesta al sol
Mi piel se encoge

PRIMANCIANITA
Toda la grasa
De tu cuerpo
Ha subido
A tu mente
Para mí
El nene muerto
Ganó la batalla
Cabalgando sobre Babieca

ESPÍRITU ESTRANGULADOR
Todo muerto
Queda sometido
Al juicio divino

SIAMÉS 2 Y TÍTERE LARVA
Quisieras hallar al culpable
De tu reducción existencial
Soy yo, fui yo, seré yo
Me tienes en retrato
De cuerpo entero
Meneando patas
Entre los hoyos de tu nariz
Soy moro creyente
Y cristiano creyente
E indio creyente

SIAMÉS 1 Y TÍTERE SIERRA
Mis creencias triunfaron
Agonizo en paz
Entre olas
De remordimiento

FANTASMA SIAMÉSPIE
La espada
De don Rodrigo el Cid
Cayó cual relámpago
Que tronó
Carne y huesos
Guerra va sobre caballo
De aborrecimiento
Poniendo mutilaciones
A diestra y siniestra

SIAMÉS 1 Y TÍTERE SIERRA
Me equivoqué

TÍTERE DIOSCALCETÍN
PieSiamésPie acertó

JUANSONRISA
¿En qué?
¿En morir?

SIAMÉS 2 Y TÍTERE SIERRA
Sigue sonando

De manera hueca
En el interior
De mi vacío sensible
La sierra con que rebané el pie

ESPÍRITU ESTRANGULADOR
Sigue crepitando
La lumbre de mi horno
Con llamas dulces
Acaricié el pecho
De mis señoras

TÍTERE DIOSCALCETÍN
Canalla
Te clavo mi bayoneta

ESPÍRITU ESTRANGULADOR
¿A mí o a él?

TÍTERE DIOSCALCETÍN
A él
A ti te respeto

ESPÍRITU ESTRANGULADOR
¿Me respetas
o me temes?

PRIMANCIANITA
¿Miedo tengo a morir?
No tanto
¿Miedo a sufrir?
No tanto
Porque he sufrido
Y muerto varias veces
Mi tumba ha sido
Tu presencia aérea
De marido fugaz

JUANSONRISA
Se aborrece
Al que va contra la ley
Al que espía dama ajena
Al enemigo de la tierra
Que se dice nuestra

PRIMANCIANITA
¿Odio entre hermanos?
¿Es que puede eso ser cierto?

JUANSONRISA
Volviste al huevo, SiamésPie
Yema lamosa que provoca
Volteones de panza
Claro que lo hay
Por lo menos entre estos
Muchachos que pariste
Crece la mata del odio
Y se derrama
Por los muros de la casa

PRIMANCIANITA
El huevo fue frito
En tu sierra caliente
Y escurrió estupidez
Sobre tus ojitos lastimados
Hijo mío
Hécuba vive resentida
Adolorida

Los griegos
Mataron a mi esposo
Y sacrificaron a mi hija
Y acabaron con Héctor
Y mataron al hijito
De Andrómaca
Lo arrojaron desde la torre
Y tuvo que chocar
Contra el suelo
Para aplanar su rostro
Y quebrantar sus huesos

SIAMÉS 1 Y TÍTERE SIERRA
Eso he dicho yo
Que he sido roto
O quebrado
Con golpes de marro
Primancianita madre
No me quiso a mí
Juansonrisa padre
Escucha los gemidos
De SiamésPie
Mi familia sucumbió

A las preferencias

JUANSONRISA
Cuando está enchilado
DiosCalcetín
Parte madres por doquier
Pues es un Dios
Permisivo y blando
Bajó al mundo a comprender
Y a formar rompecabezas
Y a dejar que los gansos
Naden en ideas pecaminosas

ESPÍRITU ESTRANGULADOR
Sociedad ajena
Allá quedó pecado
Y acá el horno
Allá las misas
Y acá mis cadáveres

SIAMÉS 2 Y TÍTERE SIERRA
Del grifo de mi vida
Sólo salen gotas

Cada vez más espaciadas
E incoherentes
Tus patitasDedos rascan
Peinan mis penas empiojadas
Trozo de oreja
Pan de oír
Bolillo sonoro
Para compartir hostia de vida
Que se va al caño

JUANSONRISA
SeñoraLarva
Usa vestidos amarillos
Y pone bilis
En el desayuno
Desde que el pie
De SiamésPie murió
Boca abierta
Dolencia enterrada

SIAMÉS 1 Y TÍTERE SIERRA
Vas y vienes

JUANSONRISA
¿Eso lo afirmas por la larva
o por mí que siempre estoy
yendo y volviendo
al mismo sitio?

PRIMANCIANITA
DiosCalcetín dedica la misa
A PieSiamésPie difunto
Soldados lloran

SIAMÉS 1 Y TÍTERE SIERRA
SiamésPie tiene mi infancia
Me la sacó de la nariz
Y la respiró entera
Mamá lo recibía
Con oleadas de ternura
Sufrimiento inútil

PRIMANCIANITA
Como ropa usada

JUANSONRISA
PiEnemigo bebe
Propias sopas condenatorias
Tú, tú
Echar la culpa a otros
Es costumbre santa
Entre partidarios
De uno y otro equipo

PRIMANCIANITA
Bájate la serpiente
Suplica PieSiamésPie
Y ella, noviaFogosa
Baja sus pantaletas
Obedientemente

TÍTERE DE ESPOSARDOROSA
En obediencia bendita
A mi marido en confusión
Me casé con uno
Que en realidad eran dos
Doble amor recibí
En mi noche de bodas

Y por eso estoy agradecida

FANTASMA LUTERÓN
Sabe que su lujuria
Traerá pesar
Pero nada detiene
Sus anhelos de ser satisfecha

TÍTERE ESPOSARDOROSA
Nací sexuada

SIAMÉS 2 Y TÍTERE SIERRA
Cuando llega al clímax
PieSiamésPie arroja lava

JUANSONRISA
NoviaFogosa
Ha quedado preñada
De renacuajo amarillo varón

FANTASMA LUTERÓN
En vez de odiar, perdonar

DIOS CALCETÍN
Por supuesto
Ofrezco hostia

FANTASMA LUTERÓN
Y yo la recibo

JUANSONRISA
 ¿Quién te introdujo
en la gallina mexicana
que te dará a luz?
¿Mi pito fue?
Entonces yo
Mi presencia restante
Queda exculpada
Libre de culpa

PRIMANCIANITA
Tú eres dueño tu pito
Y por tanto responsable
De sus actos malévolos

SIAMÉS 1 Y TÍTERE SIERRA
La gallina pone huevo
O lo puso y de él nació
Mi hermano SiamésPie
Rostro blanco
Facciones finas
Nene brillante
Como sol de mayo

PRIMANCIANITA
Queridito mío

SIAMÉS 2 Y TÍTERE LARVA
Aquiles quedó contento
Con el sacrificio de SiamésPie
Y corrió a meterse unos tragos
En la pulquería
Ahí cuenta proezas guerreras
Y los borrachos las creen

JUANSONRISA
Federico es tocayito del poeta
Que fue cortado de la tierra

Con espada de filo suave
Manejada por brazo fuerte

SIAMÉS 1 Y TÍTERE SIERRA
 ¿Si soy Siamés
por qué me dices
Federico?
Antonio soy
Federico soy
¿Soy?
Un gran pie acaricia
Los cachetes de mi esposa

TÍTERE DE ESPOSARDOROSA
Si me hubiese llamado Jimena
Habría recibido en ultraje
La espada fálica del Cid
Colmando mi vaginilla
De ardientes bendiciones

SIAMÉS 2 Y TÍTERE SIERRA
Pero en legitimidad
Cópula bendecida

Por el matrimonio

ESPÍRITU ESTRANGULADOR
Los dedos gordos
Nacieron para sobar
Y para traer calcetines

TÍTERE ESPOSARDOROSA
Quién fue mi esposo
Lo ignoro
Pues dos caras
Tuvo el hombre
Que entraba en mí
Con rostro de cartero
Y jeta de pordiosero
¿Fue acaso el Cid?
¿O fue Lutero?
¿Era hijo de la diosa
CoatlicueNuestra madre?

PRIMANCIANITA
Por mí puedes
Seguir inquiriendo

Y rascándote el cogote
Buscas y hallas
¿Qué?
Lo que buscabas
El odio es agua que bebemos
Y en la que nos reflejamos
Tus berridos irritan
Agotan mi paciencia
Y mis ganas vehementes
De imaginarte padeciendo
Las madres sufrimos, sabes
Luego es justo que los hijos
También padezcan

SIAMÉS 1 Y TÍTERE SIERRA
¿Qué me llevó al crimen?

PRIMANCIANITA
Tu estupidez
Montada en gallina
Tu vista ofuscada
Tus alucinaciones

JUANSONRISA
Si vas contando
Del uno al cien
Pronto te cansarás
De estar vivo contando
Del uno al cien
Hécuba cuenta hijos
Que pudo tener
Y los que le asesinaron
Pisa lejos de casa
Porque los muros
De Troya
Fueron quemados

PRIMANCIANITA
Del uno al cien
Esa es tu vida o fue
Esa es la mía
O fue
Vasija llena
De obediencias

SIAMÉS 1 Y TÍTERE LARVA
Vida inútil
Como la de Pito Pérez

SIAMÉS 2 Y TÍTERE SIERRA
Voy o fui o estuve
En el museo y en casa
Y caminé sobre
Calles del centro
Y cogí una sierra
Y caminé con zapatos
Que no eran los míos
Zapatos mojados
Zapatos chapoteando
Monté en Babieca
Y le di a mi hermano
Pan de sangre
En rebanadas

JUANSONRISA
Soy el Cid campeador
Presencia de museo

PRIMANCIANITA
Si el museo te percibió
Como ser irrespetuoso
O persona en veneración
Es lógico que haya golpeado
Con macana de piedra
Que te llevó a ver el castillo
De Calatrava la vieja
Los museos están hechos
Para saborear
Pasado inexistente
Y para amargar el presente

JUANSONRISA
Tu macabra soberbia
Regó con insultos
O bendiciones
La historia seca y cuarteada
Por el dios triunfante
En México y en Castilla

SIAMÉS 1 Y TÍTERE SIERRA
¿Qué Dios?

¿Dios?
¿Cuál?
Entré en mi noviArdorosa
Con frígida dificultad
En cambio SiamésPie
Resbaló hasta el fondo
Sin hallar obstáculo
Muslos, sexo
PitoPie entra
En carne rosada

TÍTERE DE ESPOSARDOROSA
Hábil fue el niño
Bien que jugaba
Con mis pechos
Y me rascaba el ombligo

SIAMÉS 2 Y TÍTERE LARVA
DiosZapato bebe
Agua envenenada
En tu garganta
Yo, larva, diosa
Te asusté

SIAMÉS 1 Y TÍTERE SIERRA
Porque muerte pareces
Calaca fea, esqueletón
Dame fuerza, DiosCalcetín
O mátame ya de un golpe
Con mandoble de Rodrigo

SIAMÉS 2 Y TÍTERE LARVA
¿A poco no sabías
que Hécuba buscaría
venganza gitana?

JUANSONRISA
 ¿Hombre colgado satisface
a la señora Primancianita?
Voy pensando que no
Una vez suelto
El mecanismo de odio
Nadie puede sujetarlo
¿Dos colgados bastarían?
¿Tres o cuatro torturados?

FANTASMA SIAMÉSPIE
Los colgados
Han muerto
Y llevan al cielo
Pene parado

JUANSONRISA
Al cielo cristiano
No entra sexo
Excitado
Por eso los viejos
Se apagan
Para poder acceder
Al infierno

PRIMANCIANITA
Hombre con hacha
En cabeza partida
Viene con pito
Asustado y de fuera
A querer amor
Sin pago alguno

JUANSONRISA
Las esposas
No cobran
Ofrecen sexo
Aparentemente
Gratuito

PRIMANCIANITA
No estoy de humor
Siento que vas encenderme
Y luego me dejarás
En el horno

SIAMÉS 1 Y TÍTERE LARVA
Di trompetazo de alarma
Que anunció mi entrada triunfal
La cogida costó
Dos vidas
La mía
Y la de mi hermano

PRIMANCIANITA
Tantarararán

Ratón moro
Persigue rata
Cristiana
Y rata cristiana
A gato indio
Y gato indio
A güero sajón

SIAMÉS 2 Y TÍTERE LARVA
Me colé por tu lengua
Por nariz y orejas
Lo mismo da

JUANSONRISA
Muerte
En la muerte
Que se lleva
El cuerpo
En carroza
De gusanos
Quebrando
El alma
De los vivos

PRIMANCIANITA
Corazón cristal
¿Lo rompió la influencia
del pasado ofendido
o sublimado
o sencillamente
fuiste víctima
de un ladrón vulgar?

JUANSONRISA
Hubo infidelidad
Lo sabe el Cid
Y doña Hécuba
Y yo también
Estoy enterado
Pero más el nene
Que fue maltratado
Con puñetazos
De sexo y lamidas

SIAMÉS 2 Y TÍTERE LARVA
Resulta igual
El caso es que estoy

Reptando en tu interior
Alma, estómago, hígado
Y he tomado tu voz
Y marcho con tus pezuñas
De cuadrúpedo ebrio
Y admirador del azteca
Y del Cid Campeador

SIAMÉS 1 Y TÍTERE SIERRA
¿Quién soy?
De niño me cagué en los calzones
Y ahora de adulto hago lo mismo

PRIMANCIANITA
Nene cagón
Si no te amara
Nalguearía tus nalguitas

SIAMÉS 2 Y TÍTERE LARVA
El museo no encogió
Tu identidad
De paladín moral
Y bíblico justiciero

Yo lo hago al capricho
Digo que fuiste bruto
Por creerte engañado
Estuvo tu ser
O personalidad
Mucho tiempo
Expuesta al sol
Y eso hizo arrugas
En camisa y pantalón

SIAMÉS 1 Y TÍTERE SIERRA
Dolor, duele

PRIMANCIANITA
Me alegro
Sólo un imbécil
Cree que el honor
Se mancha
O se pisotea

JUANSONRISA
Luego enseñaste
Blanco pañal

Sucio indignación
Nenes que se cubren con pañal
Son adiestrados desde nenes
A cagarse en sí mismos
Cosa loable desde
Cualquier punto de vista
La sierra fue encendida
Con un propósito
Que santa Casilda
No alabaría
Estando de acuerdo

PRIMANCIANITA
Una madre lastimada
Jamás perdona
Al contrario
Se acostumbra al dolor

JUANSONRISA
Muy bien dicho

SIAMÉS 2 Y TÍTERE SIERRA
Duele culo

Y panza dolor
Hubo en casa pájaro
Que murió de diarrea
El sol es ojo parpadeando

JUANSONRISA
Quiso hablarte el museo
De otra moral
Otras costumbres
Así ocurre
En los lugares
Donde se esconde
La historia
Del hombre ficticio

PRIMANCIANITA
Quiso decirle
El museo
Al muchacho
Que yo sufro igual
Que una madre vieja
Y con enaguas
Distintas a las mías

Mujer es enagua
Y macho pantalón
Y a veces al revés
Macho enaguas
Y hembra pantalón
Y al revés
Nenes con bragas
Y nenas con calzón

JUANSONRISA
El caso es
Que muchacho agoniza
A punto está de tocar a Dios
Cualquiera sea
Su carne y rostro
Bésalo
Digo a él
A tu hijo
Dios en amplio
Como valle
Grueso como monte
Y callado
Como un melocotón

Pero la iglesia oye
Su palabra heroica

PRIMANCIANITA
Es mi boca
Un hocico
Que gruñe
O es un beso
Que brota
Del fondo
De la garganta
Y se desliza
Sobre la lengua
Que ha perdido
La facultad
De la palabra
Y en vez
De proferir
Cariño
Manifiesta
Ganas de ladrar
Y de morder

SIAMÉS 1 Y TÍTERE LARVA
Tu desprecio
O reverencia
Me enojó
Provoqué infarto
O alguien
Escondido por ahí
Te confundió
Con Moctezuma
Y te apedreó

FANTASMA SIAMÉSPIE
Se me dijo
Ya no jugarás
Bajo la mañana
Con tus canicas
Serás desbarrancado
Como el niño
De Andrómaca

PRIMANCIANITA
Al morir
O enfermar

O renacer
Quedas desnudo
Mi odio también
Se ha desnudado
Odio contra mí
Contra Helena
Contra Griegos
Y Troyanos

JUANSONRISA
Memorias mexicanas
Bañaron tus desperdicios
De vida sin adoración
O con ella

SIAMÉS 2 Y TÍTERE SIERRA
Adoré esposArdorosa
Y a Primancianita
Y a hermano SiamésPie

PRIMANCIANITA
Mientes
Cabrón porquería

Cochino cimarrón
Culebra verde
Fuiste parte
Del complot
Contra el nene
De Andrómaca

SIAMÉS 1 Y TÍTERE SIERRA
Estoy hincado delante
De un cura gigante
Que se dice Dios con mazo

PRIMANCIANITA
Que te den en el hocico
Si mis amigas te ciegan
Recibiré aprobación
De Agamenón

JUANSONRISA
Aprobado el cegamiento
Por merecida venganza

PRIMANCIANITA
Guerrero Agamenón
Venía a comer en casa
Y luego ya muerto
Azuzaba a sus hijos
En contra de su mamacita

JUANSONRISA
Se te advirtió
Que no tocaras
Lo que no es tuyo
Ni de nadie
Pero tus manos sobaron
Y cachondearon

SIAMÉS 2 Y TÍTERE SIERRA
Novia mía
Esposa mía
Y para siempre

JUANSONRISA
Podrías haberle pegado
Solamente a ella

Si es que tuya era
Como aseguras

PRIMANCIANITA
Tu idea de posesión
Enchiló a Tezcatlipoca

JUANSONRISA
Dios vive enojado
Porque hombre
Cree ser dueño
De sus cosas
Y criaturas

SIAMÉS 1 Y TÍTERE LARVA
Él y sólo él
Ha metido confusión
Entre lo nuestro
Y lo suyo
Le gusta jugar
Escondidas
Y cerrar accesos
A la memoria

SIAMÉS 2 Y TÍTERE SIERRA
SiamésPie
SiamésPie
SiamésPie
Sangre sagrada
Sale de la regadera

PRIMANCIANITA
La derramaste

FANTASMA SIAMÉSPIE
Agamenón mató a su hija
Sacrificio
Clitemnestra asesinó
A Agamenón
Y luego se puso
A comer mangos
Con Egisto
Electra y Orestes
Asesinaron a su madre
Hécuba cegó
Al matador de Polidoro

JUANSONRISA
Dios es venganza
Sabe que la sangre
Sólo se lava con sangre

PRIMANCIANITA
Suya es la venganza

SIAMÉS 2 Y TÍTERE LARVA
De mi muerte
No eres inocente

JUANSONRISA
Melón mondado
Niño quedó sacrificado
Señora Primancianita
Y el otro muchachón
Está a punto de felpar
Pues agoniza
De lo lindo
Hablando sandeces
Que no alcanzan a tocar
Nuestra borrachera

¿Qué lo perdió?
Su afán de lavar
La ropa sucia
De ofensas

PRIMANCIANITA
Horror igual a horror
Espanto siamés
Salucita
Tequila con sal
Y luego chupada
A lo agrio
De su ser

JUANSONRISA
De dos hijos invisibles
Sólo uno queda respirando

PRIMANCIANITA
Su sombra
Montó lobo
Que entró
En iglesia

A rezar
Hincado aúlla
Lobo y posibilidad
De hombre

SIAMÉS 2 Y TÍTERE LARVA
¿Me oyes?
Estoy hablando
Dentro de ti
Usurpando tu ser
Robando tus sentimientos
Y explotando
En remordimientos
Y suplicios

SIAMÉS 1 Y TÍTERE SIERRA
¿Qué hice yo?
Ir y venir
Espiar
Comprar chiles
Y jitomates
Nacer

JUANSONRISA
El pecado mayor del hombre
Es haber nacido
Afirma Calderón

PRIMANCIANITA
De nada serviste
Animal, soso
Burro que carga oquedad
Cacahuate sin sustancia
Cansancio y espasmos
De sufrimiento suculento

SIAMÉS 1 Y TÍTERE SIERRA
¿Alguien me quiso?
¿Mamá?
¿EsposArdorosa?
¿HermanoPie?
El cirujano querrá
Venir a caparme
Dos marranos gimen
Como personas
En el matadero

SIAMÉS 2 Y TÍTERE LARVA
A nadie importas

PRIMANCIANITA
Ni a mí
Si fuiste bueno o malo
Asesino, ¿escuchas?
A nadie mueve

JUANSONRISA
Hijo invisible
Que finge
Ser gallo cantante
O gracioso
Pasó por mis ojos
Rasgando guitarra
Y luego se despidió
Tronando retórica

SIAMÉS 2 Y TÍTERE LARVA
Puedes terminar
De gastar tu batería `
Suponiendo que no

Me he adueñado
De tu psique
¿Te oyes cantando?
Te resistes a creer
Que otro ser
Bajado del infinito
O surgido del pasado
Haya formado
Habitación en ti

PRIMANCIANITA
Nido de larvas
Balines calientes
Me sequé
He vivido seca
En vez de boñiga
Mis intestinos
Arrojan arena
De mi propio desierto
La sangre del hijo muerto
No alcanza a remojarme

JUANSONRISA
Lo invisible
Es tocable
En el aire
Intocable

SIAMÉS 2 Y TÍTERE SIERRA
No hables, callar
Ya no puedo
Maestro me ha dado
Coscorrón formativo
Diciendo
¿Qué será de ti
si no volteas el rostro
hacia el bien de los tuyos?
¿Debes perdonar
a tu hermano
si roba a tu esposa
Helena?

SIAMÉS 1 Y TÍTERE LARVA
Fuiste asesinado
Por tu asesinato

Cocido en perol
De ilusiones
Nada has sido ni serás
Helena permanece
En tu castillo reposando
Al lado de medio hombre
Cuyas tripas pronto
Irán al cielo

JUANSONRISA
Nene montado en Pegaso
Confunde cielo con sol
Y es tatemado
De él no me acuerdo
Más que cuando
Estoy en sobriedad

PRIMANCIANITA
Ha sido borrada gran parte
De tu biografía o toda
Ahora hasta estoy dudando
De vuestra existencia

JUANSONRISA
El modo
En que agonizas
O moriste
Tampoco tiene
Relevancia
Tocar amor
No es posible
Pero el odio
Si se palpa

TÍTERE DE ESPOSARDOROSA
Morir es morir
Amar es amar
Los amé a los dos

SIAMÉS 1 Y TÍTERE SIERRA
Mentira
La belleza
De SiamésPie
Te rindió
Caíste a chuparlo

TÍTERE ESPOSARDOROSA
Nacía con ojos

PRIMANCIANITA
Si la defunción conserva
Capacidad de sufrir
Tus dolores pueden estirarse

JUANSONRISA
Se estira posibilidad
De moco flexible
Que sale de nariz
Con verdura y sangre

SIAMÉS 1Y TÍTERE LARVA
¿Comprendes?
El gusano que te habla
Comerá cachete

PRIMANCIANITA
Probablemente

SIAMÉS 2 Y TÍTERE LARVA
O seguiré sonando
De manera hueca
En el interior
De tu vacío sensible

JUANSONRISA
Difunto sensible soy
Siento a Dios
Como castigo

PRIMANCIANITA
Tres cuartas partes
Del contenido de la botella
Han sido derramados
Del grifo de tu vida
Sólo salen gotas
Cada vez más espaciadas
E incoherentes
Salud

JUANSONRISA
Tomar ron

Agacha
En cambio
Beber pulque
Sólo ataranta
Me he dado
Contra puertas
Y ventanas
Más jamás
He tropezado
Con cabeza
De SiamésPie

SIAMÉS 2Y TÍTERE LARVA
Me desplazo del corazón
A la cabeza
Mis patitas rascan
Tus penas empiojadas

SIAMÉS 1 Y TÍTERE SIERRA
Madre se llamaba
Primancianita
Mamá besando panza
Al nene SiamésPie

PRIMANCIANITA
A nadie beso
Nada
Más bien
Destino besa
Me ha besado
La panza

SIAMÉS 2 Y TÍTERE LARVA
Te queda trozo de oreja
Pan de oír
Bolillo sonoro
Para compartir
Hostia de vida
Que se te fue
Agua de lago, verde
Verás mis ojos
Y gustarás mi lengua
De oruga
Señora casó contigo
Diosa tuya fui
Besé tu boca
Abierta en grito

Dolencia o navaja
Clavada en el páncreas
¿Te escuchas?
Voz mía cayendo
Retorciéndose
En tus entrañas
Voy y vengo
Por tus riñones

SIAMÉS 1 Y TÍTERE SIERRA
Ay, ay
Vendrán peces a nadar
En mi nariz y yo querré
Retroceder, arrepentirme
Volver a la inocencia
Que encajaba sus ojos
Bajo faldas de las niñas
Zapato ha pateado barriga
Entra en la carne

JUANSONRISA
Tu hermano SiamésPie
Tiene tu infancia

PRIMANCIANITA
Tiene mi vejez

SIAMÉS 2 Y TÍTERE LARVA
La chupó hasta el hueso
¿Cómo lo sé?
Porque soy parásito lector
En tu cabeza abombada
Ahíta de gas
Me nombro Coatlicue
Lombriz, serpiente

JUANSONRISA
Tu hermano Huitzilopochtli
Corre en adulterio
Mamá lo recibe
Con besos y abrazos

PRIMANCIANITA
¿Quién demonios fuiste?
Indio no
Criollo no
Nada

JUANSONRISA
¿Mestizo?

SIAMÉS 1 Y TÍTERE LARVA
Tu madre se llamó
Tonantzin Pérez
Culebra que suerbe amor
Diosa que lleva
Cinturón espanto

SIAMÉS 1 Y TÍTERE SIERRA
Mamá, madre
Mis llagas están
Supurando sequedad
Quisiera que lloraran
El pie de SiamésPie
Carece de boca

PRIMANCIANITA
Nunca la tuvo
Mi muchacho adorado
Nació callado
Y en silencio

Se fue a comer tortillas
Hechas de masa insustancial
Ahora pide limosna
En el paraíso

SIAMÉS 2 Y TÍTERE LARVA
Debajo sus naguas
Mamá usaba serpiente
En vez de pantaletas
Para cubrir vergüenzas
Que orinan
Sustancia amarillenta
Como tu semblante
Cuando papá quería
Amarla suplicaba:

JUANSONRISA
Bájate la serpiente

PRIMANCIANITA
Una manguera entra y sale

TÍTERE ESPOSARDOROSA
Cuando llega clímax
SiamésPie arroja
Lodo hirviendo
Pesadumbre enferma
Que después
Se volverá contra él

PRIMANCIANITA
Esposa tuya
Y de tu hermano
Ha quedado preñada
Mañana parirá verdura
Con ojos azorados

TÍTERE DE ESPOSARDOROSA
Verdura que viene de verdura

SIAMÉS 1 Y TÍTERE SIERRA
Aplasté a la rata
Le arranqué las patitas
Para asarlas a la parrilla
Si oportunidad tuviera

De regresar tomaría
Otro camino otro
Lleno bugambilias
Y rosales pícaros

PRIMANCIANITA
Lo chueco
Crece chueco
Y jamás endereza
Y al revés
Lo derecho
Crece derecho
Y jamás tuerce

JUANSONRISA
Tu señora fue bautizada…
Se llamaba…

PRIMANCIANITA
Dudas clavadas
Acerca del nombre
Y de si realmente
Tuviste esposa

Por la que perdiste seso
Embarrado en tu cráneo
Leche reflexiva

TÍTERE DE ESPOSARDOROSA

Esposa fui
De alguien
Que me llevó
Al altar
Y desde arriba
Me arrojó
Escaleras abajo

SIAMÉS 2 Y TÍTERE LARVA

Subo a tu boca
Vienen mi lengua
Dubitaciones suaves
Te falta entusiasmo
Tonantzin o Coatlicue soy
Para servir
A Tezcatlipoca

JUANSONRISA
Servir a Dios
Servir
Una cosa hincarse
Delante Huitzilopochtli
Y otra frente a Cristo
Qué caray

PRIMANCIANITA
Tu padre decía
Que su nombre era Federico
Tocayo de García Lorca
Papá se hinca delante
Poesía de este
Señor florido

SIAMÉS 1 Y TÍTERE LARVA
El señor Xochipilli
Trajo flores a casa
Rodeadas de moscos
Arrulladores

JUANSONRISA
La virgen de Guadalupe
Regaló flores a Juan Diego
Y Nezahualcóyotl
Hizo cantos
De alabanza florida

PRIMANCIANITA
Amor siempre produce
Esa clase de zumbidos
Además de calor y zozobra

SIAMÉS 2 Y TÍTERE LARVA
Tu esposa Tonantzin
Las puso en agua
Pintada color frambuesa
Sangre delicada
Detalle que enfatiza
Que mi voz esté
Palpando difunto
En su postrer pesadilla

JUANSONRISA
Guadalupe no es
Tonantzin y viceversa

PRIMANCIANITA
Cada dios
Es cada dios
Con cada cara
Y cada nariz

SIAMÉS 1 Y TÍTERE SIERRA
Rebanada de pan
Rebanada de carne
Rebanada de pie
Rebanada de SiamésPie
Escucho los jadeos
De Juansonrisa en el baño
Los dedos del pieSiamésPie
Se mueven como gusanos
El cuerpo de la enfermera
Ha caído sobre mí
Apenas puedo respirar

PRIMANCIANITA
Me alegro
Mis ojos ven en tu ojos
Confusión en cuanto
A identidad, religión
Y filosofía de vida

JUANSONRISA
¿Fue la enfermera
con cuerpo y cara culebra
la que hizo el obsequio
de margaritas?

SIAMÉS 2 Y TÍTERE SIERRA
¿Estoy en el hospital?
Entonces vivo, ¿moriré?
Oh, si pudiera ir
Como cangrejo hacia atrás
Siempre llorando
Siempre en arrepentimiento
Siempre dirigir mis pasos
A tomar en mis brazos
Al niño que fui

JUANSONRISA
Niño sangrón

PRIMANCIANITA
Niño antipático

SIAMÉS 2 Y TÍTERE LARVA
Me estoy desplazando
De tu estómago al cerebro
Espacio donde estuvo
El frasco de tu saber
¿Me oyes?
He comido tus palabras

SIAMÉS 1 Y TÍTERE SIERRA
Juansonrisa tenía manía
De hundirse en tina a leer
De no haber muerto pediría
A la enfermera cachonda
Que acariciara su falo
Primancianita también tenía
Pies, dos, lo cual indica
Que era más pie que

SiamésPie, el doble

TÍTERE DE ESPOSARDOROSA
El falo de uno
Era igual al falo
Del otro

SIAMÉS 1 Y TÍTERE SIERRA
Mentira

SIAMÉS Y TÍTERE LARVA
Tu voz ha perdido melodía
Y canta sin ritmo

PRIMANCIANITA
A través mis pupilas verdes
Notas que al perro Gitano
Le ha brotado grano
En la frente
Virulento, letal

JUANSONRISA
¿Será tumor?

PRIMANCIANITA
SiamésPie se ha puesto malo
De las rodillas y pene
Y de su ombligo brota
Agua salada como llanto
Manantial lechoso

JUANSONRISA
También la espalda revienta
Y de ella mana orín
Látigo siempre toca
Al esclavo

SIAMÉS 2 Y TÍTERE SIERRA
¿Quién mide
tamaño de la infamia?
Los que esclavizan

PRIMANCIANITA
Vino el doctor a verlo
Pero sólo halló pus
En el colchón
Y pedazos de pie

Dedos con uñas

SIAMÉS 1 Y TÍTERE SIERRA
Ay, dolor

JUANSONRISA
Desapareció la infancia
Que SiamésPie robó
Quedó quebrado jarrón
Que la contenía
Y las ideas se esparcieron
Ensuciando el piso
De madera recién pulida

SIAMÉS 1 Y TÍTERE SIERRA
Primancianita ponía
Una torta y un plátano
En la lonchera
De SiamésPie
En cambio a mí
Me mandaba
A la escuela
Con estómago vacío

De afecto y de pan

PRIMANCIANITA
Mentira
Llevabas perro caliente
Para comer con mostaza
Y una jaletina metía
En tu mochilita

SIAMÉS 2 Y TÍTERE LARVA
Mamá cogió calentura
Con la disolución
De SiamésPie
Su hijo del alma
Enfermó melancolía
El muchacho desgajó
Cayó como fruta podrida

SIAMÉS 1 Y TÍTERE SIERRA
Madre, mamá
Tengo pensado
Subir montaña
Y bajar resbalando

Hasta caer
En tu regazo
Tengo pensado
Ahorcarme
Tengo pensado
Subir por tus medias
Hasta alcanzar el túnel
Por el que me
Arrojaste al mundo
Colarme dentro
Y tratar de volver a nacer
Tal vez así me ames
Un poco más

PRIMANCIANITA
O un poco menos

SIAMÉS 2 Y TÍTERE LARVA
Un zapato Juansonrisa
Ha sido arrojado a la basura
Y parece que mira con tristeza
Desde dentro del bote
Sus miradas suben al techo

Y ahí se detienen junto al foco
Para calentarse
Se contonean
Silban, sonríen
Su cuerpoMirón
Se desenrosca
En ritmos que despiden
Caluroso afecto
Baila
Ha cogido forma mujer
Esa miradita
Aunque conserva
Rostro serpiente

SIAMÉS 1 Y TÍTERE SIERRA
¿Fue Dios quien creó
a SiamésPie
o lo escupió mi madre?
Una madre no moldea
Al hijo que parirá entre gritos
¿Quién camina en mí?
¿Quién va y viene
por mis entrañas?

A Dios calcetín le agradaría
Perseguir al mal
Pero en vez de hacerlo
Tiembla dentro del zapato

SIAMÉS 2 Y TÍTERE LARVA

Podría ser la diosa
O yo misma reptando
Por el hoyo de tu nariz

JUANSONRISA

Trae charola con pan
La culebra amable con patas
Te bendice y murmura
Sabes que ha venido
A apretar tus huesos
Berrido escapa y rebotan
Como cristales rotos
Otros llantos de recién nacido

PRIMANCIANITA

Niño amado, sol
Ya no llores

Tezcatlipoca adora crueldad
Serás vengado

SIAMÉS 1 Y TÍTERE SIERRA
No fui cruel
No fui malo
Perdón, perdón
Yo no quise
Venir al mundo
Las tijeras que
Cortaron mi ombligo
Bien pudieron
Haber cercenado
Cabecita del bebé
Para evitar que
El hombre se vengara

SIAMÉS 2 Y TÍTERE LARVA
Soy Coatlicue
Digo, imitando enfermera
Que continúa en danza
De culebra alegre
Serpiente sagrada

Sexo hinchado
Color de la granada

SIAMÉS 1 Y TÍTERE SIERRA
Que no baile
Dama enfermera
Que venga mi esposa
Que vengan a presencia
DiosZapato
Y DiosCalcetín
Que comience
El juicio final

JUANSONRISA
Coatlicue ofrece bolillos
En charola pedernal
Listos para hacer
Tortas de panza

PRIMANCIANITA
Debería invitarte
A comer tortillas
Cocidas en comal

SIAMÉS 1 Y TÍTERE SIERRA
Corté el pie
Sólo el pie

PRIMANCIANITA
Señora que vende quesadillas
Ha dejado caer mandíbula
Hasta el piso
Cuando se enteró del crimen
SiamésPie la hacía reír
Mientras ella rellenaba
La masa con hongos
O flor de calabaza

SIAMÉS 2 Y TÍTERE LARVA
 SiamésPie robó
A tu madre
Y a tu esposa
Mis tristezas reptantes
Enfrían ombligo
Arrastro piel
En pos de tu sexo
Despellejado

SIAMÉS 1 Y TÍTERE SIERRA
Si orino duele
Hubo complot en casa
Sé que Primancianita
Escondió bajo colchón
El pie de mi hermano
Luego lo puso en el ropero

SIAMÉS 2 Y TÍTERE LARVA
Tu mujer
¿Fuiste casado?
Acaricia labios
Con el dedo índice

JUANSONRISA
 Roza cariñosamente
¿Te quiso ella?

TÍTERE DE ESPOSARDOROSA
¿Acaso rozar es querer?
No me dio tiempo
De aprender
Puse empeño, fracasé

SIAMÉS 1 Y TÍTERE SIERRA
Roza y no siento
Ella está ahí

TÍTERE DE ESPOSARDOROSA
Detenida en el tiempo
Rostro fijo

SIAMÉS 2 Y TÍTERE SIERRA
Ojos fijos en mí
Penetrando

PRIMANCIANITA
Eso dice
Que fuiste persona

TÍTERE DE ESPOSARDOROSA
Lo digo yo
Digo que tu vida
Ya pasó se ha ido
O se encuentra a punto
De terminar concluir
En oquedad perfecta

Fin. Te vas. Adiós
Tendré que ir de negro
A la iglesia y respirar
Son de sacerdotes prietos
Que comen pan con leche
Color de caca

JUANSONRISA
Bájate la serpiente
Pide SiamésPie
A tu novia
Y ella muestra
Pelo oscuro

TÍTERE ESPOSARDOROSA
Recibo pene
Escamoso
Y violento
Del amante
Que pasa
Por esposo
Y viceversa

SIAMÉS 1 Y TÍTERE SIERRA

Traición, adulterio, guerra
Iré a pedir permiso
A DiosZapato
Para levantar la sierra
Para echarla a andar

www.ingramcontent.com/pod-product-compliance
Lightning Source LLC
Chambersburg PA
CBHW030329160726
47992CB00005B/2219